AF202315

B.-P. Liegener

Körper

und kürzere kurze Geschichten

© 2020 Bernd-Peter Liegener

Umschlaggestaltung B.-P. Liegener

Verlag und Druck: tredition GmbH,

Halenreie 40-44, 22359 Hamburg

ISBN

Paperback:	978-3-347-10073-2
Hardcover:	978-3-347-10074-9
e-Book:	978-3-347-10075-6

Inhaltsverzeichnis

Widmung

Auch am Anfang dieser kleinen Sammlung von Geschichten und Geschichtchen soll eine Widmung stehen. Natürlich gibt es viele Menschen, die es verdient hätten hier besonders erwähnt zu werden. Wenn ich zum Beispiel an alle denke, von denen ich etwas gelernt habe, komme ich auf unglaubliche Zahlen. Allein die Lehrerinnen und Lehrer aus Grundschule, Gymnasium, mehreren Studien und unzähligen Fort- und Weiterbildungen zu zählen, ergäbe eine nicht niedrige dreistellige Zahl. Aber auch von anderen Menschen, die mir begegnet sind, Eltern, Verwandten, Freunden und Bekannten, Mitschülern und -studenten, Kollegen, Patienten und letztlich auch denen, denen ich versucht habe, etwas beizubringen, habe ich unendlich viel gelernt. Diejenigen, die mir Freude und Glück beschert haben, sind sicherlich genauso viele. Man sollte gar nicht glauben, wie viele Leute einem etwas Gutes getan haben. Auch wer und was mich inspiriert oder gefördert hat, hätte eigentlich eine Erwähnung verdient. Wenn ich aus all jenen jetzt eine Person auswähle, so deshalb, weil ich mich schon lange voll für sie entschieden habe. Darum habe ich sie geheiratet, und sie wird immer das Wichtigste auf der Welt für mich bleiben.

Also widme ich dieses Büchlein voller Glück
meiner geliebten
Mechi, Mechtus oder Mechthild.

Vorwort

Körper! Dies ist nicht nur der Titel der ersten Kurzgeschichte (oder ist es eine Kurznovelle?) dieses Bändleins, sondern auch gewissermaßen Programm des gesamten Büchleins. Natürlich: Es geht hier- zumindest meistens- um Menschen, und Menschen bestehen nun einmal aus Körper und Geist. Wie das mit der Seele ist, wissen wir nicht so genau. Tatsächlich geht es aber in fast allen Geschichten um das Verhältnis von Menschen zu ihrem Körper oder dem eines anderen Menschen, sei es auch nur im Gedanken an körperliche Züchtigung zur emotionalen Erleichterung eines Pädagogen oder zur intellektuellen Entwicklungsförderung seines Eleven. Und selbst im tierischen Weihnachtsgeschichtchen darf man sich über die Selbstverständlichkeit von körperlichen Begrifflichkeiten Gedanken machen. Dieses Buch endet wie ein gutes Jahr mit

Weihnachten. Gerade in der letzten Kurzkurzge-
schichte werden wir mit den möglichen Auswir-
kungen realer und gefühlter Körperlichkeit- in
diesem Falle der Geschlechtlichkeit- konfrontiert.
Auch wenn das sehr modern klänge, geht es mir
hier nicht um Gender-Correctness, sondern einfach nur darum, sich über alles Gedanken zu machen. Vielleicht ist das sogar in einer moderaten
Version dasselbe... Als letzte Bemerkung sei mir
erlaubt etwas klarzustellen: Manche Geschichte
könnte den Eindruck erwecken, dass ich Sport
und körperlich- seelischen Begegnungen kritisch
gegenüberstehe. Zu viel Negatives erwächst aus
entsprechenden körperlichen Betätigungen in
meinen Geschichtchen. Das Gegenteil ist jedoch
der Fall: Ich bin ein durchaus positiver und kör-
perbetont freudiger Mensch! Gerade weil ich
durch und durch Optimist bin, sind jedoch die
nicht so glatt verlaufenden Aktivitäten meiner
Protagonisten das Besondere. Und über Selbst-
verständliches lohnt es sich nicht wirklich zu

schreiben… Ich wünsche allen, die sich an das Lesen dieses Büchleins machen, viel Freude, viel Nachdenken und ein gesundes, positives Verhältnis zu ihrem Körper. Und dem der Anderen!

Körper

Was ich hier auf den nächsten Seiten erzähle, hat sich tatsächlich so zugetragen. Es war Anfang der Neunziger Jahre des letzten Jahrhunderts, und wenn es damals schon in dem Umfang Internet und Handys gegeben hätte wie heute, wäre all dies möglicherweise nicht so passiert. Ich werde versuchen alles so wiederzugeben, wie ich es damals erlebt habe. Der Grund, weshalb ich das Ganze erst jetzt zu Papier bringe, wird im Laufe des Berichtes immer klarer werden. Auch jetzt, während ich diese Geschichte niederschreibe, weiß ich nicht, ob es richtig ist, sie an die Öffentlichkeit zu bringen. Andererseits wird es durch die rasanten Entwicklungen in allen Bereichen unseres Lebens immer wahrscheinlicher, dass mehr und mehr Menschen Ähnliches erleben wie mein Freund Richard. Dann seien Sie vorbereitet!

Prolog

Natürlich war meine Abreise etwas überstürzt gewesen. Ich hätte mir wirklich die Zeit nehmen sollen, Ric anzurufen oder ihm wenigstens einen Brief zu schreiben, Helena hatte ich ja auch einen geschrieben. Aber sie war ja auch ein Teil meines Problems und Ric eben nicht. Die schöne Helena hatte mir den Kopf verdreht, und wenn das auch nicht gerade zum Einsturz der Mauern von Troja geführt hatte, so doch immerhin zu einer heftigen Erschütterung der Fundamente meines Lebens. Bindung, Ehe, Kinder- plötzlich stand all das im Raum. Ausgerechnet gleichzeitig mit dieser neuen Stelle, die ich mit unterschwelligen Angstgefühlen antreten hätte wollen oder sollen, dann aber eben doch nicht angetreten habe. Merkwürdig wirklich, dass ich das nicht mit Ric besprochen habe. Sonst hatten wir immer alles einander mitgeteilt und miteinander geteilt. Richard Altmann. Kennengelernt hatten wir uns in der ersten Gymnasialklasse, und von Anfang an hatten wir gewusst, dass wir zusammengehören. Wir saßen an einem Tisch, wir hatten dieselben Freunde, die gleichen Hobbies, wir lasen die gleichen Bücher- mehr und mehr wuchsen wir zusammen. Auch im Denken und Sprechen wurden wir uns immer ähnlicher. Wir hatten ähnliche Vorstellungen und Ideen, die gleiche Ausdrucksweise und Wortwahl, ja sogar unsere Schrift und unsere Stimmen glichen einander schließlich so sehr, dass man sie kaum auseinanderhalten konnte. Einmal haben wir sogar voller Übermut eine Klassenarbeit mit dem jeweilig anderen Namen abgegeben. Keiner hat es bemerkt und wir haben uns noch lange darüber amüsiert. Bald nannte man uns nur noch Ric und Rob und da wir etwa die gleiche Statur hatten und auch öfter mal aus Spaß die Klamotten tauschten, galten wir als so etwas wie Zwillinge. Wenn wir uns aus dem Urlaub Briefe schrieben, war das eher so wie Tagebuch führen: wir redeten gewissermaßen gleichzeitig miteinander und mit uns selbst. Wann immer es Probleme gab, besprachen wir sie miteinander, halfen einander, waren für uns da. Das war auch so geblieben, als wir längst getrennte Wege gingen. Wie damals, als ich meinen ersten Job am ersten Tag hingeschmissen hatte. Mit Ric konnte ich das besprechen, er hatte auch später immer Verständnis für mein eher rastloses Berufsleben. Dabei war er selbst grundsolide: Ric, der Bänker. Seit Jahren bei der gleichen Bank. Früher hätten wir beide nicht gedacht, dass einer von uns mal so einen trockenen Beruf ergreifen würde, aber Ric hat ihn mit Leben gefüllt. Was er mir im Lauf der Zeit so an Erlebnissen aus seinem Beruf erzählt hat, hat wahrlich nicht viel mit Langeweile zu tun! Und er hatte Ehrgeiz entwickelt! Nicht nur in der Bank hatte er es zu einer ziemlich einflussreichen Position gebracht, nein auch im Sport wollte er es wissen. Wir trafen uns zwar noch ein bis zweimal pro Woche zum Fitnesstraining, aber das reichte ihm nicht aus. Fast täglich trainierte er alleine und schon lange passten ihm meine Jacketts nicht mehr. Aber auch das, eben einfach alles, besprachen wir miteinander. Und jetzt war ich so sang- und klanglos vor meinen Problemen geflohen, hatte sie nach Griechenland mitgeschleppt, alleine herumgewälzt, durchgeknetet und zerkaut, und war gar nicht auf die Idee gekommen Ric mit einzubeziehen. Ein kurzes Urlaubskärtchen hatte gereicht, um mein schlechtes Gewissen ihm gegenüber ein wenig zu beruhigen, aber jetzt, als ich zuhause gleich zwei Umschläge mit seiner - mit unserer Schrift darauf vorfand, machte es mit beinahe lähmender Vehemenz wieder auf sich aufmerksam. Ich stellte meinen Rucksack ohne ihn auszupacken in den Flur und öffnete sofort den ersten seiner Briefe.

Erster Brief

Lieber Rob,

es ist lange her, dass ich dir geschrieben habe, aber ich erreiche dich seit Tagen nicht telefonisch, und im Studio sehe ich dich auch nicht mehr. Ich muss dir aber unbedingt erzählen, was mir passiert ist. Für dich ist das vielleicht nichts Ungewöhnliches, du hast da mehr Erfahrung, aber ich glaube, ich habe mich verliebt. Es ist alles ganz neu für mich, und ich weiß nicht wirklich, wann ich mich wie verhalten muss. Vielleicht ist alles nur verrückte Spinnerei, vielleicht ist mein Gefühl auch ganz falsch und es besteht nur eine einseitige Faszination und ich bin ihr nicht halb so wichtig wie sie mir. Immerhin bin ich nächste Woche mit Bella verabredet – zu einem Geschäftsessen! Ja, das ist nicht, was von einem ersten Rendezvous erwartet, oder? Aber genau das macht einen Teil der Faszination aus, die sie auf mich ausübt. Bella!

Du hast natürlich schon erraten, dass das ihr Name ist, und ich sage dir: er passt zu ihr. Sie ist einfach belissima, die schönste Frau, der ich je begegnet bin! Getroffen habe ich sie dort, wo ich dich jetzt schon seit über einer Woche vermisse: in unserem Studio, beim Training. Immer wieder hat sie zu mir herüber gelächelt, und dieses Lächeln, sage ich dir, so ein Lächeln hast du noch nie gesehen. Geheimnisvoll, etwas schüchtern, gleichzeitig aber auffordernd, vielleicht sogar herausfordernd. Ich gebe zu, dass ich meine Übungsreihenfolge etwas verändert habe, um immer wieder in ihrer Nähe trainieren zu können, und ich glaube sagen zu können, dass ich ihr von Anfang an gefiel, vielleicht sogar immer mehr, je öfter sich unsere Blicke kurz trafen. Und sie gefiel mir auch. Und wie sie mir gefällt! Natürlich hat sie einen tollen Körper, das ist ja nicht selten bei den Mädels in unserem Studio, aber sie hat eine geheimnisvolle Art ihn zur Geltung zu bringen ohne sich in Szene zu setzen. Sie posiert nicht, aber versteckt sich auch nicht. Selbstbewusst, würde ich sagen, beinahe überlegen. Ihr Sportdress stand ihr ausgesprochen gut: schwarz mit ein paar gelben Elementen ließ er genug von ihrem Körper erahnen, ohne irgendetwas wirklich zu zeigen. Am Hals hochgeschlossen gab er ihr eine Note von Unnahbarkeit. Trotzdem gab er beim Latissimus-Zug etwas wie ein

Tattoo an ihrem Nacken frei- meine Fantasie und Neugier waren gleichermaßen angestachelt.

Und dann unser Date: Ich hatte gar nicht gemerkt, dass sie mit dem Trainieren fertig war und hoffte nur, dass sie in der Umkleide lange genug brauchen würde, dass ich sie ganz zufällig beim Herausgehen treffen könnte, wenn ich selbst nur schnell genug wäre. Also verzichtete ich auf das Duschen und hoffte, dass das Deo genügen würde, um meine Nachlässigkeit zu verschleiern. Du weißt, wie wichtig mir sonst die Hygiene ist, und so war mir schon etwas merkwürdig zumute, als ich noch etwas nachschwitzend hektisch die Kabine verließ. Was, wenn ich sie verpasst hätte, was, wenn sie nur einmalig in unserem Studio trainiert hätte und ich sie nie wiedersähe? Ich muss ganz schön verdattert geschaut haben, als sie an der Anmeldung auf mich zu kam. Sie musste auf mich gewartet haben, und jetzt fragte sie mit leuchtenden Augen, leicht geöffneten Lippen und sanft hochgezogenen Mundwinkeln: „Möchtest du mich treffen? – Geschäftlich?" Du wirst es mir kaum glauben, aber tatsächlich weiß ich nicht mehr, was ich ihr geantwortet habe. Es kann nicht besonders schlagfertig gewesen sein, und wird wohl auch kaum als spritzige Konversation bezeichnet werden können. Jedenfalls habe ich keinerlei Erklärung für die merkwürdige Einladung erhalten und auch wohl nicht erfragt. Fest steht, dass wir Freitagabend beim Italiener verabredet sind und dass ich seitdem kaum noch Schlaf finde. Wenn doch, dann mit süßen

Träumen. Mit Träumen von meiner Traumfrau, Träumen von Bella.

Wie du siehst, ist all das vollkommen neu und furchtbar aufregend für mich. Ich würde so gerne mit dir darüber reden, dir mehr von ihr erzählen, meine Freude mit dir teilen, aber auch deinen Rat, wenigstens aber deine guten Wünsche mit zu meinem Treffen nehmen. Wenn du diesen Brief liest, bitte melde dich! Falls ich nicht zu Hause bin, ist mein Anrufbeantworter am Telefon. Ich kann dich treffen, wann immer es dir passt! Vielleicht sehen wir uns ja auch schon beim Training, bevor die Post dich erreicht?

Ich zähle auf dich! Dein verliebter Freund

Ric

Meine Güte, dachte ich, den hat´s ja ganz schön erwischt! Toll, dass er endlich jemanden gefunden hatte, der zu ihm passte- wenn das denn so war. Die Sache mit dem Geschäftlichen schien mir doch etwas mehr als nur merkwürdig. Es würde sich doch wohl hoffentlich nicht um das älteste Gewerbe der Welt handeln- eine Edel-Prostituierte, vielleicht eine Art Hetäre, die auf diese ungewöhnliche Weise auf Kundenfang ging? Denn dass hier ein Köder ausgelegt worden war, schien mir eindeutig. Anlächeln, verschwinden, dann plötzlich wieder da sein, sogar die Initiative ergreifen, verwirren, faszinieren. Vielleicht ging es hier ja auch um „flirty fishing", diese abgefeimte Rekrutierungstaktik einer dubiosen Sekte. Jetzt war es meine Fantasie, die sich mit dem versteckten Tattoo der Schönheit befasste. Handelte es sich um religiöse Symbole, das geheime Zeichen einer verschworenen Gemeinschaft? Aber wieso hätte sie das Geschäftliche ins Spiel bringen sollen? Ich war nicht weniger verwirrt als Ric, aber immerhin litt ich nicht an der Blindheit des Verliebten. Wie gerne hätte ich all das kritisch mit ihm durchgesprochen, aber offenbar war es dazu wohl zu spät, denn da lag ja noch dieser zweite Brief.

Zweiter Brief

Mensch Rob,

wo steckst du bloß? Deine Karte aus Griechenland habe ich bekommen – vielen Dank! Über die Fernsprechauskunft Ausland habe ich die Telefonnummer des Hotels Ariston bekommen. Wie du mal erzählt hast, war es tatsächlich einfacher, Englisch mit jemandem zu reden, der es selbst als Fremdsprache gelernt hat, als mit einem Engländer oder Amerikaner. Der Akzent deines Hoteliers war zwar schrecklich, aber wir konnten uns ganz gut verständigen. Leider kam dabei nichts heraus, als dass du weitergezogen bist. Wohin auch immer! Ich habe dann mit Helena telefoniert, weil ich dachte, dass sie vielleicht etwas von dir wüsste. Na ja, das mit deinem Brief ist natürlich nicht so gut angekommen. Trotzdem sagte sie, sie werde auf dich warten, denn du seist ihr sehr wichtig und sie brauche dich. Ich weiß nicht, wie sehr sie dich braucht, aber ich brauche dich im Moment sehr dringend. Ich brauche deinen Rat! Deinen Rat als Fachmann, denn immerhin hast du ja beinahe einmal Organtransplantationen an Tieren durchgeführt. Und einen soliden medizinischen Background hast du auch. Aber vor allem brauche ich deinen Rat als Freund, deine Hilfestellung bei einer schweren, sehr schweren Entscheidung. Bitte melde dich!!!

Und jetzt bist du neugierig, oder? Bella! Es war alles ganz anders, als ich erwartet hatte: Es war tasächlich ein Geschäftsessen, und der Vorschlag, den sie mir unterbreitet hat, war einfach unglaublich! Ich zumindest konnte es lange nicht glauben und auch dein Mund wird gleich offenstehen. Ganzkörpertransplantation! So nannte sie es, und es klang so simpel, so logisch, ja beinahe schon normal. Das System ist so: Ein reicher, ein sehr reicher Mensch ist nicht mit seinem Körper zufrieden. Er ist zu faul zum Trainieren, zu undiszipliniert um sich richtig zu ernähren, aber zu eitel um als schwabbeliger Fettwanst rumzulaufen. Mit richtiger Ernährung und optimalem Training würde es vielleicht zwei Jahre dauern, seinen Körper auf Vordermann zu bringen. Zwei Jahre. Was ist der Preis für zwei Jahre Training? Nun, über all das soll ich natürlich strengstes Stillschweigen wahren, aber ich werde dir trotzdem den Preis nennen, den mir Bella geboten hat: zwanzig Millionen! Voraussetzung dafür ist natürlich, dass es mein eigener Körper ist, den ich trainiere. Der Körper, den ich von einem unendlich reichen Mann übernommen habe, in einer für mich natürlich unheimlichen Operation.

Siehst du? Jetzt steht er offen vor Staunen, dein Mund! Ob so etwas geht, wirst du dich fragen, wie das machbar ist, wie all die Leitbahnen zwischen Kopf und Körper neu zusammenfügbar sein sollen. Und genau das würde ich gerne von dir wissen! Bella hat mir alles erörtert – schriftliche Unterlagen gibt es natürlich nicht, denn so eine Operation ist hier in Deutschland, dem Land der Ethikkommissionen, selbstverständlich illegal. Deshalb Stillschweigen. Deshalb die Operation in einer Privatklinik auf einem anderen Kontinent. Blutgefäße seien unter Einsatz einer Herz-Lungenmaschine heute problemlos neu zu vereinigen, noch einfacher ginge dies mit Speise- und Luftröhre, Muskeln, Sehnen und Bändern der Wirbelsäule. Zwischen dem untersten Halswirbel und dem ersten Brustwirbel werden wohl Kunstgelenke sowie eine künstliche Bandscheibe eingesetzt. Für Spezialisten heute kein Problem. Schwierig seien allein die Nerven gewesen. Dafür hat man etwas völlig Neues erfunden: künstliche Synapsen. Hier wird es für mich übrigens nur noch schwer nachvollziehbar, und deine Meinung wäre mir über alle Maßen wichtig. Die Kunstsynapsen werden mikrochirurgisch über mehrere Millimeter bis Zentimeter gegeneinander versetzt an den Nervenschnittstellen angebracht. Puzzelig, aber genial! Einziger Nachteil: sie brauchen einen eigenen Neurotransmitter, einen Botenstoff, der im Körper sonst nicht vorkommt. Den muss man dann lebenslang als Tabletten einnehmen. Na ja.

Soweit das „unmoralische Angebot". Das Angebot von meiner schon beinahe angebeteten Bella, deren bezauberndes Lächeln also offenbar nur als Köder für meinen wohlgebauten Körper zu werten war, den sie zu einem unerhörten Preis im Auftrag einer geheimnisvollen Organisation für einen unbekannten geradezu unverschämt reichen Mann kaufen wollte. Ich konnte es kaum glauben. Weder, dass ich mich so in ihr getäuscht haben könnte, noch dass so etwas wie eine Ganzkörpertransplantation möglich sein sollte, ja, wie sie mir sagte, bereits mehrfach erfolgreich durchgeführt worden sei. Über den ersten Punkt bin ich mir übrigens immer noch nicht im Klaren. Obwohl ich natürlich erst einmal enttäuscht, vielleicht sogar wütend war, wütend auf sie und vielleicht auch auf mich, konnte ich ihr das Ganze einfach nicht übelnehmen. Immerhin wollte sie mich ja zu einem schwerreichen Mann machen. Vor allem aber blieb ihr Lächeln, ein geheimnisvolles, aber echtes, ja liebevolles Lächeln. Du wirst jetzt denken, ich sei bescheuert, aber tatsächlich kamen wir uns an diesem Abend näher. Da waren kleine Berührungen, da waren geradezu streichelnde Worte, da war diese

einzigartige Stimmung von Vertrautheit und Be-

gehren. Da war mehr als dieses fragwürdige Ge-

schäft. Mein zweiter Zweifel, der der Machbarkeit

so einer Operation, wurde allerdings noch am selben

Abend weitgehend ausgeräumt. Es war schon etwas

später, und wir hatten schon zwei oder drei Gläser

von diesem ungewohnt milden Chianti getrunken,

als sie die obersten Knöpfe ihres hochgeschlossenen,

dunkelgrünen Kleides öffnete. Wie ich es schon im

Studio erahnt hatte, zog sich um ihren Hals wie

eine hautenge Kette ein schwarzes, sichtlich noch

recht frisches Tattoo. „Ich war das Versuchskanin-

chen", hat sie gesagt, und wieder gelächelt hat sie

dabei. Sie hatte sich ihren Kopf operativ vom Körper trennen und in derselben Sitzung wieder ansetzen lassen.

Ach Rob! Könntest du mir doch jetzt mit deinem Rat zur Seite stehen! Nächste Woche werde ich mich mit ihr treffen, um den Vertrag zu unterschreiben. Dann geht es in irgendeine Privatklinik irgendwo. Mir ist mulmig zumute und ich weiß noch nicht, ob das die richtige Entscheidung ist. Hoffentlich meldest du dich noch bei mir, bevor ich mich festlegen muss! Sonst könnte es sein, dass du mich beim nächsten Treffen mächtig verändert finden wirst…

Bis hoffentlich vorher,

Ric

Das durfte nicht wahr sein! Mir wurde beinahe schwindelig. Was für eine absurde Geschichte! Hätte ich sie von irgendjemand anderem gehört, hätte ich sie als vollkommenen Blödsinn abgetan, aber Ric war niemand, der sich so etwas ausdenkt und schon gar nicht jemand, der mir so eine faustdicke Lüge auftischen würde. Also musste es wahr sein. Nicht unbedingt, dass solche Operationen durchgeführt wurden, aber immerhin, dass diese Bella es so erzählt hatte. Bella- immerhin hatte ich Recht mit der Vermutung, dass sie die Angel ausgeworfen hatte, um sich meinen Freund zu fangen. Aber wozu, um alles in der Welt? War es vielleicht ihre sehr spezielle Art, sich interessant zu machen, sich mit einem unerhörten Geheimnis zu umgeben? Gab es diese Operationen gar nicht, und es war nur ein absurdes Spiel um Macht und Abhängigkeit? Ich musste zugeben, dass ich den Reiz, den diese Frau auf Ric ausübte, gut nachvollziehen konnte, obwohl ich noch nicht einmal ihr offenbar verzauberndes Lächeln gesehen hatte. Oder ging es doch um Geld? Vielleicht ganz plump: um an die Millionen zu kommen, muss man natürlich erst mal die lächerlichen paar Tausende für die Reise aufbringen, oder so. Oder… Ganz langsam kam die Vorstellung in mir hoch, dass doch etwas an diesen Operationen dran sein könnte. Warum eigentlich nicht? Schwierig dürfte es allemal sein, aber bei dem vielen Geld, das da in die Hand genommen wurde, wäre es natürlich schon vorstellbar, dass hochspezialisierte Fachleute entsprechende Verfahren entwickelt hätten. Es klang natürlich schon ziemlich futuristisch. Aber selbst, wenn so etwas hätte möglich sein sollen: wie hoch wäre dann die Wahrscheinlichkeit gewesen, dass alles gut verläuft? Schon bei normalen Bandscheibenoperationen lagen die Komplikationsraten höher, als den meisten Menschen bewusst war. Gefäßoperationen waren natürlich auch nicht ganz risikolos. Vor allem nach der Operation konnte es zu Nahtinsuffizienzen mit entsprechendem Blutverlust, zu arteriellen Embolien und zu venösen Gefäßverschlüssen kommen. Bei jedem einzelnen Gefäß! Und dann diese merkwürdige innovative Nervennaht-Technik- unermessliche Möglichkeiten des Versagens. Schon die Wahrscheinlichkeit, diesen riesigen chirurgischen Eingriff auch nur zu überleben ging eindeutig gegen null. Wie es hinterher um die Funktion der neuen Kopf- Körper-Paare bestellt wäre stand noch einmal auf einem anderen Blatt. Nein, ganz klar: für kein Geld der Welt hätte ich mich so einer Operation unterzogen. Und auf keinen Fall durfte Ric das tun! Denn für den Fall, dass irgendetwas anderes hinter der ganzen Sache steckte, wäre es einfach nur dumm gewesen, diesen ominösen Vertrag zu unterschreiben. Sollte es aber wirklich um eine Ganzkörpertransplantation gehen, eindeutig lebensgefährlicher Wahnsinn. Ich schaute auf den Poststempel des zweiten Briefes. Er datierte vom vergangenen Freitag, heute war Donnerstag.

34

„Nächste Woche" hatte Ric geschrieben. Vielleicht hatte ich also Glück und könnte ihn noch vor der Vertragsunterzeichnung erreichen. Hoffentlich!

Ich ließ sein Telefon klingeln, bis das Freizeichen dem nervigen Besetzt-Ton wich. Kein Ric, kein Anrufbeantworter. War es schon zu spät? Ich brauchte nicht mal eine halbe Stunde, bis ich vor seiner Haustür stand. Ich klingelte und klingelte wieder, ich rief, ich warf Steine an sein Fenster. Nichts! Schließlich summte doch der Türöffner und hastig rannte ich die zwei Treppen zu seiner Wohnung hinauf. Oben stand die Nachbarin in ihrer Wohnungstür. „Herr Altmann ist heute abgereist", sagte sie mit verschränkten Armen und abweisend mürrischem Gesicht. Und dann, wohl wegen meines penetranten Klingelns und Rufens: „Geht es um etwas Wichtiges?" Ich nannte ihr meinen Namen und betonte, dass ich Ric unbedingt erreichen müsse. Sie schüttelte den

Kopf: „Da kann ich Ihnen nicht helfen, aber er hat gesagt, wenn Sie kämen, sollte ich Ihnen seinen Wohnungsschlüssel geben. Vielleicht hat er ja eine Botschaft für Sie hinterlassen." Sie griff an ein Schlüsselbrett hinter ihrer Tür und händigte mir zwei mit einem Stück Paketschnur aneinander gebundene Schlüssel aus. „Wenigstens brauchen Sie jetzt nicht mehr zu klingeln und in der Gegend herumzubrüllen", brummte sie noch, und schon war ihre Tür ins Schloss gefallen. Ich kannte Rics Wohnung gut. Immerhin hatte ich beim Umzug geholfen, beim Einrichten, beim Auswählen und Aufhängen der Bilder. Und wie viele Abende hatten wir hier zusammen verbracht! Es war mir klar, dass eine Nachricht für mich nur an der Pinwand hinter der Arbeitszimmertür hängen konnte. Nein! Vielleicht auf dem Schreibtisch? Auch nicht! Ich suchte die ganze Wohnung ab. Sie war so ordentlich! Man konnte eine Botschaft einfach nicht übersehen. Trotzdem: nichts!

Ich trottete mit hängendem Kopf nach Hause. Wahrscheinlich war das mit der Operation ja sowieso nur eine fantastische Erfindung dieser außergewöhnlichen Bella, sagte ich mir. Sicherlich waren die beiden jetzt unterwegs zu einem phänomenalen Wochenende. Vielleicht hätte mir Ric auch schon auf meinen Anrufbeantworter gesprochen um zu erzählen, wie es weitegegangen war. Ach nein, den hatte ich ja noch gar nicht wieder angeschaltet. Spätestens Montag, sagte ich mir, würde er sich bei mir melden oder ich ihn in seiner Bank erreichen. Aber wieso hätte er mir den Schlüssel zukommen lassen sollen, wenn er nur kurz weg wäre? Wieso sollte ich ihn überhaupt bekommen, wenn es keine Botschaft für mich gab? Blumen und Haustiere gab es nicht zu versorgen und seine Post nahm immer irgendein Nachbar aus dem Kasten, wenn er verreist war. Vielleicht ja sogar die Dame, die ich nun kennengelernt hatte. Für den Schlüssel gab es keine vernünftige Erklärung, selbst wenn er jetzt auf dem Weg in irgendeine dubiose Privatklinik irgendwo wäre. Und dennoch: immer mehr festigte sich in mir die Vorstellung, dass tatsächlich dieser Wahnsinn mit der Operation vor ihm lag. Eine Vorstellung, die mir Angst machte, eine Angst, der ich in hilfloser Untätigkeit nichts entgegen zu setzen hatte.

Fast wie in Trance packte ich zu Hause meinen Rucksack aus, erledigte die Wäsche, bestellte mir eine Pizza vom Lieferservice und holte zwei Flaschen Wein aus dem Keller. Eigentlich hätte ich Helena kontaktieren wollen, aber dazu fehlte mir die innere Ruhe, der Mut, die Konzentration, eigentlich alles. Nach anderthalb Flaschen Wein gelang es mir schließlich einzuschlafen. Ich war nach meiner Reise und nach der Aufregung und Sorge endlich so müde, dass ich lange bis in den nächsten Morgen schlief. Es war ein unruhiger Schlaf, und ich musste viel geträumt haben, immer wieder war ich halbwegs aufgewacht und hatte mir vorgenommen, mir zu merken, worum es in meinen Träumen ging. Letztendlich konnte ich mich jedoch nur an Bruchstücke des letzten Traumes erinnern: ein offener Operationssaal in der Sonne einer griechischen Insel, ein zahnlos grinsender schwarz gekleideter Mönch mit einem Skalpell und das Lächeln eines hübschen, blonden Mädchens, das sich zur grinsenden Fratze einer schlangenhaarigen Medusa verzog.

Heute lohnte sich das Duschen: ich spülte den Dreck der Reise und den Schweiß der Träume von meinem Körper. Als meine Hand sich meinem Hals näherte, musste ich kurz innehalten und trotz des warmen Wassers lief ein kalter Schauer meinen Rücken hinab. Hier wäre der Schnitt. Würde Ric sich auch ein Tattoo um den Nacken stechen lassen? Wie würde er aussehen mit diesem fremden Körper? Und überhaupt: wie würde seine Stimme klingen, unsere Stimme, mit der fremden Resonanz dieses ungewohnten

Körpers? Zügig beendete ich meine Morgentoilette und fühlte mich auch gleich deutlich besser. Neue Ideen, was ich unternehmen könnte, hatte ich allerdings nicht. Erst mal ein paar frische Lebensmittel einkaufen, vielleicht auch Brötchen holen. Einfach normale Dinge tun, dann käme ich möglicherweise von meinen sinnlos um Rics Operation kreisenden Gedanken frei. Eventuell würde ich es dann sogar schaffen, Helena anzurufen. Dass sie Ric gesagt hatte, dass sie auf mich warten würde, war ja eindeutig ein positives Signal! Auf dem Weg wollte ich eben noch schauen, ob der Postbote schon da gewesen war. Ich hatte ja lang geschlafen, und möglicherweise hatte Ric ja kurz vor seiner Abreise noch einmal geschrieben. Ein weiterer Brief würde mir natürlich weiterhelfen, eventuell sogar alles aufklären. Also ein kurzer Blick, eine schwache Hoffnung und ein überraschtes Aufatmen. Tatsächlich war da ein Brief und auf dem Brief Rics vertraute, so vertraute Schrift.

Dritter Brief

Hi Rob,

schade, dass du nicht da warst, um mir bei dieser Entscheidung zu helfen. Es ist mir schon klar, dass du diese Auszeit und den Abstand brauchst, und schließlich konntest du ja nicht ahnen, in was ich da hineingerate. Vielleicht hätte ich auch gar nicht auf dich gehört, wenn du mir abgeraten hättest. Aber wie dem auch sei, jetzt ist es so. Der Rubikon ist überschritten und die Würfel sind gefallen: Ich habe unterschrieben. Ich habe mich gestern mit Bella in der Lobby ihres Hotels getroffen, alles war zunächst etwas förmlich. Tatsächlich habe ich eine volle Million als Anzahlung erhalten, auf mein

Konto, ganz real. Ich habe sie nämlich heute abge-
hoben und wirklich ausgezahlt bekommen, aber
dazu später mehr. Dafür gibt es aber jetzt auch
kein Zurück mehr, denn bei der Menge Geld um die
es hier geht seien immer, das hat sie mir vor dem Un-
terzeichnen unmissverständlich klargemacht,
auch Leute mit im Spiel, die nicht zimperlich mit
Vertragsbrüchigen umgehen. Das klang ein wenig
wie in einem Mafia-Thriller, und eigentlich wollte
ich den Stift schon wieder weglegen, diesen merkwürdigen Vertrag nicht unterschreiben. Aber ihr
Lächeln war so beruhigend und das Geld so unbe-
schreiblich viel, dass ich nicht anders konnte. Und
tatsächlich habe ich ja schon eine nicht ganz un-
beträchtliche Anzahlung bekommen.

Mit ungewohnt energischen Strichen meinen Namen unter das Dokument zu setzen war eine richtiggehende Befreiung, ja ich fühlte mich sofort erleichtert, endlich war die Entscheidung getroffen. Auch Bella schien diese Entspannung zu fühlen, wir stießen auf den Vertrag an, beide wurden wir lockerer, die erotische Stimmung zwischen uns begann wieder zu knistern wie letzte Woche. Was soll ich sagen? Es endete da, wo mich meine Träume hingezogen hatten, in ihrem Hotelzimmer und in ihrem Bett. Als sie hinterher in meinen Armen eingeschlafen war, fühlte ich mich wie ein König, wie ein Gott. Der Gott des Glückes und der Liebe. Ich konnte nicht davon ablassen, ihr schlafendes Gesicht zu betrachten, es mit den Augen zu streicheln, den Hals hinab bis... Ja, bis zu ihrem Tattoo. Du weißt, ich kenne mich ganz gut mit Tattoos aus, und dieses war keines. Jedenfalls kein echtes. Es war nur aufgemalt. Kunstvoll zwar, aber aufgemalt. Und was mich noch mehr erschreckte: weder mit dem Auge, noch mit dem Finger konnte ich die kleinste Spur einer noch so gut verheilten Narbe finden. Ganz langsam zog ich meinen Arm unter ihrem Nacken hervor, suchte meine Sachen zusammen und verließ leise das Zimmer, flüchtete geradezu aus dem Hotel.

Ich verbrachte die Nacht mit Schlaflosigkeit und mit Denken. Mit viel kreisendem und wenig ergiebigem Denken. Was hat das alles zu bedeuten? Wenn Bella nicht operiert worden ist, hat so eine Operation überhaupt schon stattgefunden? Bin ich das Versuchskaninchen? Kann das wirklich funktionieren? Wie sehr hätte ich deinen klugen Rat jetzt gebraucht.

Heute Morgen bin ich dann erst mal zur Bank gegangen und habe die Million abgeholt. Dass sie tatsächlich da war, hat mich etwas beruhigt. Auch der Name des Überweisers spricht für Seriosität. Ein relativ bekanntes Unternehmen, dessen Namen ich dir aber lieber nicht nennen möchte. Nicht nur wegen der Vertraulichkeitsklausel in meinem Vertrag, sondern auch, um dich nicht in Dinge hereinzuziehen, die gefährlich sein könnten. Ich weiß einfach zu wenig, was hier eigentlich passiert. Die Million habe ich in einem Schließfach deiner Bank deponiert und habe dort auch eine Vollmacht für dich hinterlassen. Das Kennwort ist „Mammon", den Schlüssel findest du in einer Klarsichtfolie im Ordner „Versicherungen" in meinem Arbeitszimmer. Falls ich mich bis zu deiner Rückkehr nicht mehr bei dir melden sollte, hole du dir bitte das Geld, bitte verständige aber auf keinen Fall die Polizei oder so etwas. Am besten du hältst dich völlig aus der Sache raus, dann kann dir auch nichts passieren.

Tja, heute Abend treffe ich mich mit Bella am Flughafen und dann geht es in eine unklare Zukunft. Ein bisschen fühle ich mich wie Faust - nur dass ich nicht meine Seele für wiedergewonnene Jugend verkauft habe, sondern zwei Jahre meiner Jugend, oder, falls etwas schief geht, vielleicht sogar mein Leben für den schnöden Mammon. Immerhin hoffe ich, dass mein Vertragspartner nicht Mephisto, sondern einfach nur ein gewinnorientiertes, innovatives Unternehmen ist. Aber um es ganz klar zu sagen: Ich habe Angst!

Hoffentlich bis bald – ich bin der Dicke, der dich dann so vertraut angrinst... Ansonsten mach wenigstens du dir ein schönes Leben und vergiss mich nicht

dein Ric

O Gott! Es war geschehen. Ric hatte sich wirklich auf den teuflischen Handel eingelassen. Wie konnte er nur so leichtgläubig sein, so leichtfertig mit seinem Leben umgehen. War es die Liebe zu dieser unseligen Bella, die ihn blind gemacht hat, obwohl ihre Lüge wie ein Leuchtturm vor seinen Augen stand? Oder war es etwa doch die Gier, die Sucht nach Reichtum, die ihn zu diesem schrecklichen, diesem schrecklich falschen Schritt bewogen hat? Dann wäre es auch wieder diese vermaledeite Bella gewesen, die ihn mit diesem unglaublichen Angebot süchtig gemacht hatte. Wenn ich die in die Finger bekommen hätte! Aber das war natürlich unsinnig. Sicherlich hieß sie gar nicht Bella, sie würde auch nie wieder in unserem Studio auftauchen. Genau genommen wusste ich nichts von ihr: nicht ihren Namen, nicht einmal den ihres Hotels. Ich wusste nicht, wie sie aussieht, außer dass sie ein rätselhaftes Lächeln im Gesicht herumträgt um Opfer für ihre unheimlichen Machenschaften anzulocken. Zur Polizei gehen sollte ich nicht, und tatsächlich hätte ich auch gar nicht gewusst, was ich denen erzählen sollte. Wenn ich dort die Briefe zeigte, würde man mich auslachen. Das

Ganze war einfach zu absurd, zu unglaublich. Armer Ric! Ich konnte einfach nichts mehr für ihn tun. Warum war ich nicht früher von der Reise zurückgekommen, warum hatte ich nicht wenigstens zwischendurch mal nach Deutschland telefoniert? Ein einziger Anruf hätte gereicht, um Ric das Leben zu retten. Auch einen Tag früher von der Reise zurückzukommen hätte ihm helfen können. Warum hatte ich nur unsere uralte Beziehung so schändlich vernachlässigt?

Vielleicht ging ja auch doch alles noch gut aus, die Operation gelang, oder sie wurde verschoben, weil der Käufer vorher einem Herzinfarkt erlegen war, oder das Ganze flog auf, weil es auch in dem unbekannten Land nicht wirklich legal war und irgendwo eine Information durchgesickert war, oder, oder, oder… Wie dem auch sei, ich konnte nichts unternehmen als zu hoffen und wenigstens seine Million aus dem Schließfach sicher zu stellen. Ich würde sie für ihn irgendwie gut anlegen und warten, bis wir uns wiedersähen. Also wieder in seine Wohnung, den Schlüssel hatte ich ja schon. Nun wusste ich wenigstens, wieso. Rics Ordnung war einmalig, der Versicherungsordner war sofort gefunden. Darin befand sich tatsächlich eine Klarsichthülle und diese Hülle war... leer! Ich zuckte richtiggehend zusammen. War jemand anderes in der Wohnung gewesen, der auf irgendeine Weise von dem Inhalt des dritten Briefes Kenntnis erlangt hatte? Mir fielen alte Kriminalfilme ein, in denen Detektive mittels eines Bleistiftes die durchgedrückte Schrift auf einer Schreibunterlage oder einem unter dem Brief liegenden Blatt sichtbar machten. Das Türschloss war nicht beschädigt, und auch sonst wirkte alles in der Wohnung wie gestern, wie sonst auch immer. War er so dumm gewesen, Bella von dem Schließfach zu erzählen? Oder war doch alles nur ein Fantasiegebilde von Ric, und es hatte nie eine wirkliche Million gegeben? Ratlos verließ ich die Wohnung, planlos verbrachte ich die nächsten Tage. Die Hoffnung, jemals zu erfahren, was passiert war, wurde immer geringer, der Gedanke, dass er tatsächlich bei seiner Operation gestorben war immer dringlicher, je länger ich vergeblich auf das bekannte Grinsen über einem unbekannten Körper wartete. Ich suchte mir einen neuen Job, heiratete Helena, wir gründeten eine glückliche Familie und ich führte das gute Leben, das mein Freund mir gewünscht hatte. Tatsächlich habe ich nie erfahren, ob wirklich jemals irgendwo eine Ganzkörpertransplantation durchgeführt wurde, oder ob dies auch nur geplant war. Ich habe Ric nie wiedergesehen.

Epilog

Es war ein regnerisch-nebliger Herbstsamstag, den ich im Bett und auf der Couch verbrachte. Häufig war es nicht, aber manchmal überkam mich melancholische Stimmung, und dann buddelte ich mich ein. Helena war einkaufen gegangen, und ich genoss meine Ruhe. Als sie zurückkam, brachte sie die Post mit: Ein Brief aus Griechenland ohne Absender, mit unbekannter Handschrift war mein Name darauf geschrieben. Wer sollte mir schon aus Griechenland schreiben? Natürlich hatte ich damals auf meiner Reise manchem Zimmervermieter meine Adresse gegeben, aber was sollte jemand jetzt von mir wollen? Für einen Rucksacktouristen lohnte sich der Aufwand eines Briefes kaum, und einen bleibenden Eindruck hatte ich soweit ich wusste auch nirgends hinterlassen. Neugierig öffnete ich den Brief, und schon beim Erkennen der Schrift war meine Melancholie wie weggeblasen.

Lieber Rob,

es ist lange her, ich weiß! Wahrscheinlich hast du nicht mehr damit gerechnet von mir zu hören, und das tut mir leid. Es ging nicht anders, und wenn ich dir jetzt schreibe, geht das eigentlich auch nicht- denn ich bin tot. Wahrscheinlich hast du vergeblich in meiner Wohnung nach dem Schlüssel für das Bankschließfach gesucht. Zu spät zwar, aber immerhin jetzt kann ich deine Sorgen zerstreuen: ich habe das Geld, es ist nicht in falsche Hände geraten. Aber was sind schon falsche Hände? Ich schreibe dir noch einmal, damit du weißt, wie es mit mir weitergegangen ist, dass ich noch lebe, obwohl ich tot bin, dass du dir zwar leider Sorgen, aber glücklicherweise unnötige Sorgen um mich gemacht hast. Also: wie ist es weitergegangen?

Ich bin an diesem Abend nicht zum Flughafen gefahren, um Bella zu treffen. Ach Bella, wie gerne und wie zwiespältig erinnere ich mich an sie! Ich habe sie nicht getroffen, denn ich hatte Angst. Weißt du noch, was du mir damals von deiner ersten Operation an einem Hund erzählt hast? Wie der Kadaver gefühllos in eine Tonne geworfen wurde, einfach so, ein Stück Müll für die Verbrennungsanlage. Wie du dich geschämt hast für deine neuen Vorgesetzten, geschämt hast für dich selbst. Wie du den Job aufgegeben hast, bevor er noch richtig begonnen hatte. Und wie du damit dir selbst treu geblieben bist. Fand ich gut damals und finde ich auch heute noch gut. An diesen Hund musste ich jetzt denken. Angenommen, die erste Hälfte der Ganzkörpertransplantation würde gut gelingen, der reiche Auftraggeber hätte jetzt meinen durchtrainierten Körper und man müsste nur noch... Warum, so fragte ich mich, sollte man nun die komplizierte, aufwändige und sicher teure Operation an mir und dem fetten Körper fortsetzen? Damit ich aufwache, zufrieden bin und mir die restlichen neunzehn Millionen abhole? Vielleicht gar noch eine Klage anstrenge, falls irgendetwas schiefgeht? Nein, niemand wüsste, wo ich bin, und was mit mir geschähe. Wenn also tatsächlich skrupellose Menschen ihre Hand im Spiel hatten wie Bella mir dies deutlich zu verstehen gegeben hatte, gab es keinen Grund, mich aus der Narkose wieder aufwachen zu lassen. Ab in die Tonne mit dem Hund!

Mit Bella konnte ich das Ganze natürlich nicht besprechen, denn sie hatte mich ja angelogen was ihre eigene Operation betraf. Wie gerne wäre ich aus dem Vertrag ausgestiegen, aber das ging ja nicht mehr. Ein Dilemma! Ich konnte nicht zum Flughafen gehen, konnte aber auch nicht wegbleiben. Wie wir beide es schon oft in solch logisch ausweglosen Situationen gemacht haben, so habe ich auch diesmal die Phantasie eingesetzt. Laterales Denken, weißt du noch? Wenn ich mich nun schon einmal nicht mehr im normalen Leben, sondern in einem Thriller befand, würde ich auch so handeln wie in einem Kinofilm! Genau- ich musste verschwinden. Alles musste schnell gehen: Geld aus dem Bankschließfach, dann das Mietauto, die Fähre.

Nein, vorher musste ich noch einmal zu meiner Bank. Vielleicht erinnerst du dich noch an den Bankangestellten, der sich Hunderttausende erschlichen hatte, indem er Rundungsbeträge auf sein eigenes Konto überwiesen hatte. Irgendwie fanden wir ihn gut, weil er niemandem so richtig geschadet hatte, aber natürlich waren seine Aktionen nachvollziehbar, so dass er schließlich aufflog. Damals erzählte ich dir, was man als Bankangestellter noch alles so machen kann, was aber immer den Pferdefuß hatte, dass man erwischt würde, wenn jemand die entsprechenden Vorgänge nachprüfte.

Ich hatte ja durch die Überweisung der Anzahlung die Kontodaten meines Vertragspartners. Da war es ein Leichtes, unter Angabe der Vertragsnummer die restlichen Millionen per Bankeinzug auf mein Konto zu holen. Es hat schon Vorteile, wenn man Bankangestellter ist. Von da aus habe ich sie auf das berühmte „Konto auf den Kaimaninseln" weitergeleitet, was übrigens tatsächlich in einem ganz anderen rechtsfreien Raum liegt. All das hat natürlich nachvollziehbar und durchaus illegal Richard Altmann getan, aber Richard Altmann würde man nicht mehr zur Rechenschaft ziehen können. Er hat sich von der Fähre ins nächtliche Wasser des Ärmelkanals gestürzt, der Abschiedsbrief im Mietwagen klang eher wirr, aber was soll man bei einem Durchgeknallten, dessen letzter Ausweg ein Selbstmord ist, schon erwarten? Die Bank dürfte kein Interesse daran gehabt haben, dass etwas von der peinlichen Affäre an die Öffentlichkeit gelangt, und so bezweifle ich, dass du etwas davon in der Presse gelesen hast. Bella und ihre Freunde dürften sich klar darüber sein, dass ich nicht im Ärmelkanal ertrunken bin, aber ich glaube, dass es ihnen nicht gelingen wird, mich aufzufinden.

Ja, ich lebe hier mit einem neuen Namen und einem neuen Beruf. Wo hier ist, werde ich dir selbstverständlich nicht mitteilen. Auch was ich jetzt tue, solltest du besser nicht wissen. Aber keine Sorge, es ist etwas, was mir Spaß macht. Über Geld muss ich mir ja keine Gedanken machen. Diesen Brief schickt jemand von weit weg, vielleicht einem anderen Kontinent an die Adresse, die ich ihm mitgegeben habe. Es wird der letzte Brief sein, den du von mir erhältst, denn es ist zu gefährlich für mich, mich mit der Vergangenheit zu beschäftigen.

Ich grüße dich ein letztes Mal aus der Ferne und danke dir für das Viele, was wir in unserem Leben miteinander geteilt haben. Sei herzlich gedrückt und verbringe ein gutes Leben in der alten Heimat.

Dein alter, toter Ric

Der Läufer

Taps, taps, taps… die ersten Schritte, sogar die ersten Minuten waren immer etwas anstrengend. Leichtes Laufen fühlte sich- und hörte sich auch-anders an. Taps! Beinahe platschend energielos landete sein Fuß auf dem Boden. Aber es waren ja am Anfang auch nur kleine Schritte, keine zu hohe Belastung für die Knie also. Oder für die Wirbelsäule, wo es ja immer wieder Probleme gab. Patsch! Nein, so schlimm war es auch wieder nicht. Eben Taps. Spätestens in einer Viertelstunde würde er sich besser fühlen, die Energie würde zurückkehren, die Leichtigkeit, der Laufspaß, der Fluss. Schon jetzt begann sein Kopf sich langsam freier zu fühlen. Er hielt sich das rechte Nasenloch zu und schnodderte mit Druck einen zähen, aber klaren Schleimklumpen über die linke Schulter. Verfluchte Nebenhöhle! Aber jetzt atmete es sich besser. Schön gleichmäßig und ruhig. Das bewusste Atmen hatte er sich längst abgewöhnt. Vier Schritte einatmen, vier Schritte ausatmen... Es ging ohne Zählen viel besser. Es war natürlicher, man konnte die Gedanken freier fließen lassen, wenn man sich nicht auf etwas so Langweiliges wie das Atmen konzentrieren musste. Autsch! Die Ferse seines linken Schuhes hatte seinen rechten Innenknöchel touchiert. Nicht so schlimm. Etwas musste er sich wohl doch konzentrieren. Er erinnerte sich daran, wie er vor ein paar Jahren immer wieder den gleichen kleinen Lauffehler begangen hatte, bis seine Knöchel wund waren. Damals tat es weh! Nach der Laufbandanalyse und Einlagenversorgung in diesem Sportgeschäft war es besser geworden. Pronationsausgleich? Zuviel Supination? Egal, es ging besser und die kleine Berührung passierte jetzt nur noch selten, meistens am Anfang des Laufens. Man musste eben erst reinkommen. Jetzt wurde sein Laufstil auch schon runder, ja er kam wieder richtig ins Laufen. Ein Glück, denn heute war sein großer Tag.

Heute würde er die Marathon-Distanz überwinden. 42,195 Kilometer. Seine Tracking-Uhr würde ihm bei 42,2 Kilometern Bescheid geben. Auf fünf Meter käme es nicht an, und so genau mochte das GPS ja vielleicht nicht sein. Piep, piep, piep… würde es an seinem Handgelenk machen und dann wüsste er: Marathon ist Geschichte! Ganz unspektakulär, ohne Zuschauer würde er seinen ersten Marathon absolvieren. Keiner wüsste davon, niemandem könnte oder wollte er es beweisen. Nur sich selbst.

Marathon! Das hätte ihm niemand zugetraut, und er selbst sich schon gar nicht. Eigentlich wollte er nur Gewicht abnehmen. So hatte es angefangen. Ganz schön gequält hatte er sich am Anfang seiner Läuferkarriere. Mit der Diät hatte er es nicht so ernst genommen, aber mit dem Laufen. Geschunden hatte er sich. Errechnet, wie viele Kalorien er verbrauchte, wieviel Fett er damit verbrennen könnte. Neuntausend Kalorien waren ein Kilo Fett. Langsam laufen, damit man kein Eiweiß verbrennt. Schließlich wollte er ja keine Muskeln verlieren. Er hatte sich ausgerechnet wieviel Gramm eine Viertelstunde mehr ausmachen würde. Das war nicht viel, aber trotzdem. Immer wieder ein Viertelstündchen, ein paar Gramm Fett. Damals hatte er es wirklich wichtig gefunden, leichter zu werden. Nicht nur, weil er sich langsam unansehnlich fand, sondern auch, weil seine Frau meinte, er müsse immer so nach Luft schnappen, wenn er sich die Treppen hinaufquälte. Und diese Stiche im Brustkorb! Sie hatte ihn zum Arzt schicken wollen, doch er war nicht gegangen. Er mochte keine Ärzte. Zumindest nicht, wenn sie ihn behandelten. Nein, er war gelaufen. Das Treppensteigen wurde leichter, seine Gewichtskurve mit errechnetem Body Mass Index hatte schnell den Bereich der Fettlei-

bigkeit verlassen, endlich auch den des Überge-
wichtes. Manchmal trat das Herzstechen noch
auf, aber immer öfter gelang es ihm, es durch
ruckartige Verdrehbewegungen des Oberkör-
pers loszuwerden. Es knackte dann zwischen
seinen Schulterblättern und schon war es besser. Knacks, ahhh! Blockierungen der Brustwir-
belsäule. Er hatte nachgelesen und geübt. Immer seltener musste er sich selbst befreien, eigentlich nur noch, wenn es kälter wurde und er
nicht wärmer angezogen war. So wie heute. Gerade knapp vor dem Frieren war die beste Tem-
peratur um Gewicht abzunehmen. Auch jetzt zog
es wieder etwas im Rücken. Eine schnelle Bewe-
gung, knacks, ahhh! Er war schon routiniert. Das
offene Gefühl im Brustkorb erlaubte ihm, die
Arme weiter schwingen zu lassen. Weitere Arm-
bewegungen ziehen größere Schritte nach sich,
hatte ihm ein Freund einmal gesagt. Unbewusst.
Die Schritte wurden größer, gleichmäßig trafen
seine Füße auf dem Boden auf. Ganz weich war

sein Laufstil geworden. Kein Tapsen mehr, sondern eine federnde beinahe völlige Geräuschlosigkeit.

Es ist erstaunlich, wie man ein Bewegungsmuster verinnerlichen kann. Einmal hatte er angefangen, Stöcke beim Laufen zu benutzen. Wie beim Nordic Walking, aber eben nicht beim Gehen, sondern beim Laufen. Nordic Jogging. Er hatte damit die Belastung für seine Knie reduzieren wollen, gleichzeitig seinen Oberkörper trainieren und letztlich durch den Einsatz von mehr Muskulatur auch mehr Kalorien verbrennen wollen. Zuerst hatte er die Arme gegengleich zu den Beinen geschwungen, das hatte jedoch dazu geführt, dass sich sein ganzer Nacken verspannt hatte. Dann hatte er sich einen Dreierrhythmus angewöhnt. Stockeinsatz rechts zeitgleich mit dem linken Bein, zwei Schritte, Stockeinsatz links gleichzeitig mit dem rechten Bein. Das klang kompliziert und war es auch. Aber eben nur ein paar Minuten lang. Dann ging es so flüssig, dass es sich anfühlte als sei er immer nur so gelaufen. An Steigungen hatte er wieder auf Zweierrhythmus umgestellt, er hatte sich über die rhythmische Betonung des ersten und zweiten Stockeinsatzes Gedanken gemacht, bergab auch schon mal einen Doppelstockeinsatz geübt. Hätte nicht ein Abrutschen des Stockes auf einer Wurzel zu einem plötzlichen Stechen im Ellenbogen geführt, wäre er immer weiter mit Stöcken gelaufen. Aber das Stechen war geblieben, die Stöcke hatte er zu Hause gelassen. Inzwischen war er froh darüber. Er hatte das Gefühl, sein Laufen sei dadurch unbeschwerter geworden, sein Geist meditativer, das Denken weniger an Trivialitäten wie den Stockeinsatz gefesselt.

Tatsächlich war er jetzt in den Flow geraten. Die gleichmäßigen Schritte, vielleicht auch schon vereinzelt freigesetzte Endocannabinoide. Das waren diese körpereigenen Substanzen, die zum Runners High führen konnten, jenem Rauschzustand, von dem Läufer immer wieder begeistert berichteten. Er wusste nicht, ob er so ein Runners High schon einmal erlebt hatte. Natürlich wurden seine Schritte immer leichter, es fühlte sich beinahe an, als ob man flöge. Natürlich waren seine Gedanken zu ungeahnter Kreativität fähig, wenn er in seine meditative Laufphase kam. So wie jetzt. Aber nie hatte er das Gefühl, neben sich zu stehen- oder zu laufen. Auch konnte er sich nicht vorstellen, das selig-dümmliche Grinsen auf seinem Gesicht zu tragen, das er bei bekifften Menschen beobachtet hatte. Nur eines stand fest: so könnte er ewig weiterlaufen, der Marathon würde kein Problem werden. Das hatte allerdings auch etwas mit Erfahrung und simpler Physiologie zu tun. Es gelang ihm, mit seinem persönlichen Tempo gerade so viel Energie zu verbrauchen, wie sein Körper durch die

Verbrennung von Fett bereitstellen konnte, und davon hatte er ja noch genug. Er hatte gelesen, dass Läufer durch diesen Rauschzustand immer wieder Überlastungen erlitten. Von nicht bemerkten Blasen über Muskelfaserrisse bis zu Ermüdungsbrüchen. Das war ihm nie passiert. Wohl hatte er einmal eine Entzündung der Achillessehne gehabt, die ihm für viele Wochen eine Laufpause aufgezwungen hatte, aber die hatte er sich bei einem Tenniswochenende zugezogen. Eine ungewohnte Belastung, bei der er leider deutlich übertrieben hatte. Auch eine starke Wadenzerrung oder einen Muskelfaserriss hatte er schon gehabt. Das lag aber an diesem blöden Laufband, das zu hohe Bodenreaktionskräfte entfachte. Das hatte er auch nachgelesen. Und am nächsten Tag hatte er dann einen Halbmarathon laufen wollen, durchfroren und nicht richtig aufgewärmt. „Anfängerfehler", hatte sein Freund gesagt, der erfahrener Marathonläufer war. Seitdem hatte er sich immer richtig warm gemacht

und auch nach dem Laufen ein intensives Dehn-
programm durchgeführt.

Er musste eine Weile in Gedankenlosigkeit wei-
tergelaufen sein, denn als es wieder im Rücken
stach, wusste er nicht mehr, worüber er sich gerade Gedanken gemacht hatte. Gut. Eine
schnelle Drehbewegung- kein Knacken! Na, es
würde schon wieder weggehen, es war ja sowieso nur ein leichtes Ziehen. Er schlenkerte mit
den Armen, was etwas Unruhe in seinen Lauf-
rhythmus brachte. Es ging jetzt auch etwas berg-
auf, was das Laufen anstrengender machte. Er
lehnte seinen Oberkörper leicht nach vorne, um
seinen Vorwärtsimpuls zu verbessern. Die An-
strengung atmete er einfach weg. Bei jedem dritten Schritt eine kräftige Ausatmung durch sich
explosionsartig öffnende Lippen. Pahh, zwei,
drei, pahh, zwei, drei, pahh… da war es wieder,
dieses alberne Zählen. Schon ging es wieder

sanft bergab, seine Atmung beruhigte sich. Erholungsphase. Locker weiterlaufen, nicht zu schnell werden. Jetzt zog es im Nacken und der linke Arm begann zu kribbeln. Erst nur der kleine Finger wie damals bei seinem Bandscheibenvorfall in der Halswirbelsäule, dann der Arm, die Schulter, die Brust. Die Schritte wurden langsamer, ein Hitzegefühl stieg in sein Gesicht auf, die Haarwurzeln schienen zu kribbeln. Warum hatte er plötzlich Angst? War er doch in einen Rauschzustand geraten und erlebte gerade einen Horrortrip? Der krampfende Schmerz in seiner Brust wurde immer stärker, unerträglich. Ein Sturz. Gleich würde es besser werden, dachte er, als er auf dem Waldboden lag und die Wolken am Herbsthimmel durch die Blätter und Äste der Bäume nach Westen ziehen sah.

Piep, piep, piep… machte es, und er schaute auf sein Handgelenk. Marathon geschafft? Er sah keine Laufuhr, sondern nur einen weißen Verband, aus dem ein durchsichtiger Gummischlauch in irgendeinen surrenden Kasten führte. Das Piepen kam aus einem anderen Gerät, das er nicht richtig sehen konnte, ohne seinen Kopf zu sehr zu verdrehen. Offensichtlich lag er im Krankenhaus, aber ebenso offensichtlich hatte er das Schicksal des legendären ersten Marathonläufers nicht geteilt, der am Ziel in Athen tot zusammengebrochen war. Dafür konnte er auch nicht dessen angeblich letzte Worte sprechen. „Wir haben gesiegt", sollte er gesagt haben und davon konnte bei ihm ja keine Rede sein. Was war nur passiert? Er fand die Klingel, und bis der Arzt gekommen war, hatte ihm der freundliche Pfleger schon alles erzählt. Dass er einen Herzinfarkt erlitten hatte, zwei Gefäße seien verschlossen gewesen, dass er aber auch Glück gehabt hatte, weil ihn Spaziergänger gefunden und die Feuerwehr alarmiert hatten. Er sei bereits über einen durch die Leistenarterie vorgeschobenen Schlauch operiert worden, und alles sei gut gegangen. Tatsächlich: schlecht fühlte er sich nicht, und Schmerzen hatte er auch nicht. Vielleicht war er ein bisschen müde, aber das war ja wohl normal. Der Arzt machte ein freundlich beruhigendes Gesicht und wiederholte alles, was er schon gehört hatte. Jedenfalls vom Zeitpunkt der sogenannten Katheterintervention ab. Die Vorgeschichte war ihm wohl nicht bekannt. „Sie haben Ihren Infarkt dank unserer Behandlung gut überstanden und werden bald wieder richtig fit sein. Natürlich müssen Sie alles tun, damit Ihnen so etwas nicht noch einmal passiert. Das nennen wir Sekundärprävention. Da geht es in erster Linie um gesunde Ernährung und wenig Stress. Vor allem aber sollten Sie regelmäßig Ausdauersport treiben." Er fühlte sich immer besser, und jetzt begann er regelrecht zu strahlen. Mit glücklichem Lächeln fragte er: „Laufen?"

Der Lehrer

„Viginti", rief Gaius und kratzte voller Stolz das Zeichen für Zwanzig in das Wachs über der langen Spalte zu addierender Zahlen: „XX". „Optime! Bene calculavisti", brummte Crysus zufrieden, und es schien beinahe, als bildeten sich kleine Lachfältchen in seinem strengen Gesicht. Wieder wunderte sich der Junge, wie gut er seinen neuen Lehrer verstehen konnte. Crysus war erst in den Kalenden des Marsmonats aus Griechenland gekommen und hieß eigentlich Chrysostomos. Aber das konnte keiner aussprechen und so wurde er einfach Crysus genannt. Ein Sklave hat kein Recht auf seinen eigenen Namen. Natürlich klang es etwas fremd, wenn er mit seinem weichen Akzent sprach, aber man konnte ihn gut verstehen. Gut verstanden zu werden ist etwas Wunderbares. Deshalb wollen wir den Fortgang der Konversation auf Kosten historischer Authentizität in einer modernen

Sprache widergeben. Sagen wir mal, nun ja, sagen wir mal in Deutsch.

„Mit dem Rechnen geht es ja schon sehr gut!", lobte ihn Crysus noch einmal. „Euklid wäre stolz auf dich gewesen." Es war natürlich fürchterlich übertrieben, das Zusammenzählen von ein paar Zahlen mit der Arithmetik seiner klugen Vorfahren zu vergleichen, aber Gaius würde das sowieso nicht verstehen. „Nun gut, wollen wir mal sehen, wie du dich in der modernen Geschichte auskennst. Seit wie vielen Jahren ist Augustus, der Erhabene, nun der wichtigste Mann des gesamten Reiches?" – „Viginti", gab der kleine Junge schnell die selbstbewusste Antwort. „Zwanzig?" Der alte Lehrer runzelte die Stirn. „Nun ja, das ist natürlich tatsächlich schwer zu sagen. Wenn du die Jahre als Konsul mitrechnest…nun gut, nun gut, wenden wir uns den Naturwissenschaften zu. Wie viele Elemente kennst du?" Das war nun wirklich eine einfache Frage.

Jedes Kind kannte die vier Elemente, also ja wohl auch dieses hier!

„Viginti", antwortete dieses Kind mit breitem Strahlen. Offensichtlich kannte es sie nicht.

„Zwanzig?" Die Stimme mit dem weichen Akzent wurde ein wenig härter und eine kleine Spur lauter. „Also das…"Statt eines leichten Gesichtskräuselns an den Augenwinkeln bildeten sich nun über dem inneren Ende der Augenbrauen senkrechte Falten. Deutliche Falten. Zornig griff Crysus zum Rohrstock. Bevor er ausholte, streifte er mit einem kurzen Blick das Fenster des Herren. Hatte sich dort gerade der Vorhang bewegt? Er klopfte mit dem Stock in seine raue Handfläche. „Also ich kenne Feuer, Wasser, Luft und Erde", sagte er, nun schon wieder etwas ruhiger. Aber wenn man natürlich die verschiedenen Qualitäten und Zustände berücksichtigt, könnte man schon beispielsweise fruchtbare Erde, die durch Neptuns Dreizack aufgewühlt wird als anderes Element bezeichnen als den

Sand am Strand von Paestum, der sich von den Fingern des Sonnengottes streicheln lässt. Dann käme man sicher auf zwanzig Elemente." Er war mit seiner Erklärung nicht zufrieden. „Nun gut, nun gut, nun gut. Lass uns etwas ganz Anderes besprechen." Der Griechische Sklave schaute noch einmal heimlich zum unbewegten Vorhang vor dem Fenster und schlug dann einen letzten pädagogischen Haken, bevor er kapitulierte. „Wie", fragte er mit unschuldig strenger Mine, „wie nennt man denn die Soldaten, die nachts über unsere Sicherheit wachen?" – „Viginti", kam die prompte Antwort. „Genau, man nennt sie Vigilen", sagte der alte Lehrer mit dem schlechten Gehör. Jetzt war es wohl endgültig Zeit für einen Strategie- und Perspektivwechsel. „Lehrend lernen wir", hatte Seneca einmal geschrieben. Chrysostomos hatte für heute genug gelernt und versetzte sich in die Lage seines unwissenden Schülers. „Ludendo discimus - spielend lernen wir", dachte der Begründer des Konzepts des spielerischen Lernens. „Du hast sehr gute Antworten gegeben", sagte er mit grimmigem Nicken. „Jetzt sollten wir uns etwas entspannen. Hast du vielleicht eines dieser modernen Brettspiele da? Natürlich ohne Würfel, die sind verboten", mahnte sein strenger Zeigefinger. „Ja, habe ich!", freute sich der fleißige Schüler. „Ich hole es sofort, Meister." Und ehe der Griechische Pädagoge die Falten seines Gewandes in eine würdige Form gelegt hatte, war Gaius schon zurück. Er legte ein reich verziertes Spielbrett auf den staubigen Boden und knallte einen Lederbeutel mit holzgeschnitzten Spielfiguren darauf. Unter dem Beutel leuchtete eine rote Zahl hervor: XX. „Viginti", strahlte der siegreiche Knabe.

Begegnung

„Wo wohnst du?", hatte sie gefragt.

„Am Wasser." Er schaute ihr beinahe herausfordernd in die Augen.

„Am Wasser?" Sie hatte ihre rechte Braue leicht gehoben, wie sie das so oft tat. Sie fand, dass eine rechte erhobene Augenbraue nicht so kritisch wirkte wie eine linke. Nicht so logisch, sondern emotional. Etwas neugierig, aber nicht zweifelnd oder gar tadelnd.

Er lächelte. „Ja, ich kann nichts dafür. Seit meiner Kindheit bin ich gerne im Wasser. Ich schwimme und, ja, ich tauche sogar. Aber im Wasser kann ein Mensch nicht leben. Und ich war auch immer schon glücklich auf dem Wasser. Ich segle, paddele, rudere, surfe… was du willst. Es gibt natürlich Hausboote, auf denen man wohnen kann, aber ehrlich: auf dem Wasser will ich nicht leben. Ich brauche den festen Boden unter den Füßen, das Solide, die Kraft der Erde. Also wohne ich am Wasser."

„Das klingt nicht gerade nach einer Adresse, unter der man sich beim Einwohnermeldeamt registriert."

„Nein." Jetzt lachte er beinahe. „Das klingt nach einem Zelt und Freiheit und Wanderschaft. Ich kenne halb Europa, aber ich wohne immer an der gleichen Adresse: Am Wasser."

Auch sie musste fast lachen. Dieser hübsche Kerl sollte ein Tramp sein? So gepflegt, so nett und höflich, so spritzig. Wie Wasser, dachte sie, und eine Welle von Sympathie schwappte über ihre Vernunft.

„Magst du mitkommen?" Seine blauen Augen funkelten sie an.

„Zu dir nach Hause?"

„Zu mir nach Hause. Ans Wasser."

Sie stand auf und reichte ihm ihre Hand. „Na dann...wo geht's lang?"

Der Weg war nicht lang und schien noch viel kürzer. Ein frischer Wind zauste durch ihre langen Haare und er sah aus wie ein Held im Piratenfilm, wie der Traum aller Mädchen, wie der Abenteurer schlechthin. Mit einem Hang zu festem Boden unter den Füßen. Wenigstens dann und wann.

Sie wusste nicht mehr, was er ihr alles erzählt hatte, von Wind und Wasser, der großen Harmonie des Feng Shui, vom steten Fließen allen Lebens, vom Kreislauf des Wassers, der Einheit von Flüssen, Seen und Meeren, vom Ineinander-Aufgehen der einzelnen Tropfen, von Molekülen, die sich als Dipole in Löffelchenstellung zusammenlegten. Die klugen, die spannenden, die weisen Worte verbanden sich mit seiner angenehmen Stimme zu einem emotionalen Rauschen.

Ihre Gedanken schwammen, als sie am Wasser angekommen waren. Es leckte an ihren bloßen Füßen und bald schwammen auch sie beide. Sie und… wie hieß er denn noch? Sie und der Wassermann. Und sie legten sich zusammen, wie die

Dipole, sie drehten sich umeinander wie in einem Strudel, sie atmeten einander ein wie Taucher, die nach Luft schnappten. Endlich flossen sie zusammen. Körper mit Körper und Seele mit Seele. Eins.

Als sie am nächsten Morgen zur Uni ging, fühlte sie sich leicht wie noch nie. Das Lächeln, das ihr Gesicht strahlen ließ, schien unauslöschbar, genauso wie der Drang wieder zurückzulaufen, zu schwänzen, den Tag mit ihm zu verbringen. Am Wasser. Je weiter sie sich entfernte, desto stärker wurde der Zug zurück, und wären da nicht ihr ausgeprägtes Pflichtbewusstsein und der lockende Abschluss als Architektin gewesen, wäre sie sofort umgekehrt. So aber kam sie erst wie verabredet am Abend ans Wasser zurück. Zum leeren Lagerplatz. Die Leere fegte durch ihren Körper, sie fegte durch ihre Seele. Wasser floss unaufhaltsam über ihre Augenlider und spülte langsam die Unfassbarkeit aus ihrem Kopf. Erst spät in der Nacht kehrte sie nach Hause zurück, der Verstand hatte die Kontrolle über ihren Körper gewonnen.

Sie absolvierte ihr Studium und machte eine steile Karriere in der Immobilienbranche. Ihre Firma kaufte das gesamte Ufergelände und baute dort stattliche und einträgliche Stadtvillen. Die hübscheste bezog sie selbst. Die kleine Privatstraße hieß „Am Wasser", und dort lebte sie ein erfülltes Leben.

Irgendwann…! Irgendwann würde er zurückkommen. Die fast aufdringlich große Schrift an der Fassade ihres Hauses war nicht zu übersehen. Noch einmal: „Am Wasser." Und vielleicht träfe er dann in ihrem Vorgarten oder auf ihrem Steg ein Mädchen oder eine junge Frau. Sie würde erst ihre rechte Augenbraue etwas nach oben ziehen und ihn dann mit seinen eigenen wasserblauen Augen anlächeln. Dann wüsste er, dass er eine Tochter und ein Zuhause hat.

Druck

Letztendlich ging es eigentlich alles nur um Druck. Am Anfang seiner Tauchausbildung, als sie dort unter dem Palmendach gesessen und Theorie gelernt hatten, anstatt sich wie die anderen am Pool in der Sonne bräunen zu lassen, hatte er alles nur blöd gefunden, langweilig und unverständlich. Luftdruck, Wasserdruck - eine Atmosphäre alle zehn Meter - ein Tiefenmesser, der den Wasserdruck maß, ein Finimeter, das einem sagen sollte, wieviel Luft in der Pressluftflasche war, aber tatsächlich auch nur den Druck messen konnte. Partialdruck von Sauerstoff und Stickstoff im Körper in den Blutgefäßen, und was alles passieren konnte durch diesen Druck. Verquellungen im Gesicht, gerissene Trommelfelle, Gasbläschen in den Adern, Risse von Lungengewebe. Es war ein Wunder, dass es überhaupt noch lebende Taucher gab.

Er musste schmunzeln und ein paar freche Luftbläschen krabbelten unter seiner Brille hervor, um ihn hinter den Ohren zu kitzeln. Irgendwie hatte er sich durch diese Theorie gequält und dann kam die Praxis. Das war etwas anderes. Die bunte Welt der Fische, die bizarren Formationen der Korallen, das Gefühl der Schwerelosigkeit, die fast mystische Stille, die unendliche Freiheit schon ein paar Meter unter der Oberfläche. Natürlich hatte er den Druck gespürt. Aber während die anderen Tauchschüler brav jeden Meter Luft in die zugehaltene Nase gepresst hatten, um regelmäßig Druckausgleich herzustellen, hatte er wie von selbst den Druck weggeschluckt. Es musste irgendetwas mit der Kieferstellung zu tun haben, durch die man diesen merkwürdigen Gang zwischen Mittelohr und Rachenraum aktiv öffnen konnte. Er war ein Naturtalent.

Und dann dieses Experiment: während seine Schüler sich auf 15 Meter durch dosiertes Aufblasen ihrer Tauchwesten perfekt bis zur Schwerelosigkeit austarierten, war der Tauchlehrer noch 10 oder 15 Meter tiefer gegangen. Das Wasser des Roten Meeres war so klar, dass man ihn gut beobachten konnte. Dort unten hatte er einen Luftballon aufgeblasen und ihn dann losgelassen. Das war beeindruckend! Der Ballon war natürlich nach oben gestiegen, erst langsam, dann immer schneller. Er wurde größer und größer, je näher er der Oberfläche kam, um knapp unter der Oberfläche zu platzen. Die Druckwelle konnte man bis unten spüren. Da hatte er alles verstanden. Er hätte keine Theorie gebraucht. Man konnte es sehen, man konnte es spüren.

Jetzt war er zertifizierter Freiwassertaucher und befand sich in seinem Element. Ja, es war, als wäre er hier im Wasser zu Hause. Wie sicher er war, wie wohl er sich fühlte. Vielleicht war er auch ein wenig tiefer gegangen, als die 40 vorgeschriebenen Meter, aber das Riff war zu faszinierend. Als sein Tauchpartner ihn an der Schulter berührte, erschrak er beinahe. Er hatte ganz vergessen, dass er nicht alleine war. Eine Grundregel des Tauchens war, dass man nie alleine sein durfte. Sicherheit. Natürlich. Sein Buddy tippte auf das Finimeter und machte das bekannte Handzeichen. Daumen hoch, alles okay. Also schaute auch er nach seinen Luftreserven: weit im grünen Bereich. Daumen hoch! Langsam entschwebte sein Partner nach oben. Oh, natürlich! Beim Tauchen heißt „Daumen hoch" auftauchen, wogegen okay durch einen Kreis aus Daumen und Zeigefinger signalisiert wird. In vielen Ländern das Zeichen für Arschloch, dachte er. Und jetzt- na klar, sein Buddy war zu aufgeregt, und hatte die ganze Luft in Rekordzeit weggeatmet. Jetzt musste er nach oben. Aber doch nicht nach einer guten halben Stunde! Er zögerte. Die Regel war klar: es wird zusammen getaucht und zusammen aufgetaucht! Andererseits war heute sein letzter Tag. Das musste man auskosten. Und das Tauchen könnte man ihm für morgen ja auch schlecht verbieten. Da würde er ja eh schon im Flugzeug nach Hause sitzen. Ein paar Bläschen kitzelten wieder seine Ohren. Na dann konnte er ja eigentlich auch ein paar Meter tiefer gehen. Keine Sanktionen zu erwarten!

Es wurde ein wenig dunkler hier unten, aber es war warm und es war spannend. War das eine Muräne dort in der dunklen Höhle? Sofort hatte er sein Tauchermesser in der Hand. Nein, nur ein Schatten. Das Messer glitt zurück in die Wadenscheide. Hier gab es nichts zu fürchten, hier war er der Herr der Situation, hier war er zu Hause. Wieso konnte es nicht immer so sein? Er spürte keinen Druck, obwohl er genau wusste, dass fünf bis sechs Atmosphären auf ihm lasteten. Daheim bei der Arbeit stand er voll unter Druck. Und das bei einer Atmosphäre. Er seufzte. Die Taucherbrille verrutschte und plötzlich hatte er Wasser im Gesicht. Ein kurzer Schreck, doch sofort drückte er mit dem Finger oben auf den Rand der Maske und blies sie wieder aus. Wie souverän er war!

Seine Vorgesetzten hatten weniger Druck. Oder sie gaben ihn an ihn weiter. Pah! Wahrscheinlich waren sie deshalb so aufgeblasen. Er musste an den Ballon denken. Je weiter oben sie in der Hierarchie stehen, desto aufgeblasener sind sie. Riesige aufgeblähte hohle Hüllen. Luftblasen. Hohlhüllen. Er kicherte, und wieder kribbelten kleine Bläschen aus der Maske. Warum platzen sie nicht? Dickhäutig. Kichern. Dehnbar bis zur Konturlosigkeit. Riesenschlangen, die Elefanten verschlingen können. Falsche Schlangen. Kichern. Ist dort eine Muräne? Souverän. Finimeter checken. Oh, keine Luft mehr. Keine Panik! Schnell nach oben. Bleigurt abwerfen. Es geht aufwärts. Schnell, schneller! Nicht platzen! Luft aus der Weste lassen! Wo ist der Knopf? Aufschneiden mit dem Messer. Explosion und Luftblase. Es wird langsamer. Souverän!

Er kam wieder zu Bewusstsein, als sie ihn ins Boot gezogen hatten. Er musste Wasser aushusten, aber es kam Blut. Jemand drückte ihm eine

Sauerstoffmaske auf Mund und Nase. Er wollte sie abwehren, aber sein rechter Arm ließ sich nicht bewegen. Er konnte nicht richtig sehen und warum war ihm nur so kalt mitten in der Mittagshitze auf diesem Schiff?

Er hatte Glück. Gut ausgebildete Ersthelfer, ein schneller Hubschraubertransport in die Druckkammer nach Hurghada, zwei Wochen Krankenhaus. Obwohl er Tiefenrausch, Panikattacke, Stickstoffembolie und Lungenriss erfahren hatte, lebte er noch. Das Sprechen fiel ihm zeitweise noch etwas schwer, aber er konnte ohne Stützen gehen. „Wie kann man nur so leichtsinnig sein?", fragten ihn seine Kollegen am ersten Arbeitstag. Die Frage hatte er in den letzten Wochen wahrhaft häufig genug gehört. Und so antwortete er flüssig ohne Zögern: „Ich hatte einfach zu viel Druck!"

Traumfrau

Langsam verzog sich der Qualm des abgebrann-
ten Feuerwerkes. Kaum ein Wölkchen beflockte
den Himmel, aber dennoch war es wie in den
letzten Jahren eine angenehm warmkühle Nacht.
„Zu warm für die Jahreszeit" sagte schon lange
niemand mehr und es wäre wohl auch nicht das
richtige Konversationsthema für den Beginn einer Bekannt-, Freund- oder gar Partnerschaft gewesen.

Ich weiß nicht mehr, wie es mir gelungen war,
diese Traumfrau aus dem heißen, stickigen Lärm
der Silvesterparty auf die atembefreiende Ter-
rasse zu entführen. „Der Große Wagen", sagte
ich und zeigte mit der linken Hand auf das bekannte Sternbild, was meiner Rechten die Gele-
genheit gab, über einen ganz zarten Druck an ihrer Schulter unsere Sichtachsen einander anzu-
nähern, indem ich gleichzeitig meinen Kopf etwas auf die Seite legte. Ihre Schläfe berührte

sanft meine Wange, ihr Duft und ihre Wärme flutete wie eine wohltuende Woge über mein Herz und der weiche Klang ihrer Stimme brachte die Saiten meines emotionalen Gehörs zum Schwingen. „Ja...", sagte sie.

Am liebsten hätte ich jetzt geschwiegen, sie weiter geatmet und gespürt, den Moment einfach genossen. Und vermutlich wäre das auch das Richtige, das Romantische sowieso, das Erwartete und das, was jeder andere Mann getan hätte, gewesen. Aber irgendetwas in mir - vielleicht war es der Alkohol, der so oft Gedanken auf Kosten der Kontrolle beschleunigt - trieb die Worte aus meinem überraschten Mund: „Eigentlich ist das der Große Bär."

„Irrtum!", sagte die sanfte Stimme. „Der Große Wagen ist ein Teil des Sternbildes Ursa maior, und das heißt die Große Bärin. Das Sternbild ist weiblich."

„Ja, jajaa…", dehnte ich meine Antwort, während ich überlegte, wie ich dem Gespräch eine kreative Wendung geben könnte. „Aber es ist ja Winter. Da halten die Bären sowieso Winterschlaf und dann ist es doch auch egal…"

„Irrtum!", hauchte es lächelnd in mein Ohr. „Bären halten keinen Winterschlaf, sondern eine Winterruhe."

„Oh, na gut. Mag sein. Aber sag selbst: Bei all den Millionen Sternen, die wir da am Himmel sehen…"

„Irrtum!", hatte die Traumfrau wieder etwas einzuwenden. „Mit bloßem Auge können wir von einer Stelle aus nicht einmal 3000 Sterne sehen."

Meine Wange entfernte sich leicht von der sanften Schläfe, während ich ihr wunderschönes ebenmäßiges Gesicht betrachtete. Eine andere Saite in meinem Inneren begann nun langsam in niedriger Frequenz mitzuschwingen. Sie drängte ein fast vergessenes Wort tief aus der Erinnerung bis an die Oberfläche meiner Gedanken.

Wie oft hatte ich mich schon über dieses Wort geärgert, das der Computer frech auf meinen Bildschirm warf. „Error!" Wie um mich zu verhöhnen manchmal noch mit einer annähernd unendlichen Folge von Ziffern und Buchstaben als plausible Erklärung getarnt. Und was immer ich angestellt hatte, immer wieder war dieses Wort erschienen: „Error." Oft hatte mich mein Vater getröstet: „Irren ist menschlich, alles was der Computer kann, ist Irrtum sagen." Doch jetzt dachte ich weiter. Ein Computer kann nur Error sagen, aber Irrtümer nicht nur anzukreiden, sondern sie aufzuklären, mit dieser Präzision, das ist mehr, als ein normaler Computer kann. Das kann nur... eigentlich kann das nur Künstliche Intelligenz.

Meine Augen glitten über die verführerischen Lippen ihres schmunzelnden Mundes. Sie streiften die streichelzarten Wangen und sogen die ebenmäßige Form der Nase in sich auf. Das kaum wahrnehmbare Beben ihrer geöffneten Nasenflügel, das signalisierte, wie gut sie mich riechen konnte. Nach einem kurzen Abstecher über die faltenfreie Stirn senkte sich mein Blick tief in ihre schwarzen Pupillen. Könnte es sein, dass meine Traumfrau so ein Android war, wie es sie jetzt angeblich für sehr viel Geld zu kaufen gab? Vielleicht der Avatar einer reichen aber gar nicht so hübschen Dame, die zu Hause an der Basisstation ihre Silvesterfeier hier mit mir genoss? Ein prickelndes Kribbeln kroch von meinen Händen bis unter die Haare. Eine Kältewelle kämpfte mit den heißen Emotionen meines Herzens. Der Verstand schlingerte hin und her und sandte schließlich ein etwas krächziges und scheinbar völlig zusammenhangloses „Künstliche Intelligenz?" durch meine zittrigen Sprachorgane.

Einen Moment nur war meine Begleiterin verwirrt, beinahe hätte sich etwas wie eine fragende Falte in ihr Gesicht geschlichen. Dann lachte sie kurz und fröhlich auf. „Nein, nein, Irrtum!" Jetzt blickte auch sie mir tief in die Augen. „Du willst wissen, warum ich so viel weiß, oder?" Und ohne auf eine Antwort zu warten: „Mental Enhancement. Ein kleiner Computerchip in meinem Gehirn. Winzige Operation. Gar nicht zu vergleichen mit Nasenkorrekturen oder einem Brustimplantat." Sie nahm einen tiefen Zug nächtlicher Neujahrsluft und ihr Dekolleté raubte mir den Atem. Ich war sprachlos. „Stört es dich, wenn eine Frau klüger ist als du?" Ihre Stimme klang nun ein wenig traurig, und gerne hätte ich sie in den Arm genommen. Aber der Sturm in meinem Inneren war noch immer am Toben und ich fürchtete mich vor zu viel Nähe. „Berühren des Kunstwerkes verboten!", schimpfte mein Authentizitätsgewissen. „Ich liebe diese Frau!", jammerte meine hirngequälte Seele. Eine wahre Sturmflut von Gedanken drängte nach draußen, doch mein Sprachzentrum weigerte sich, sie in Worte zu kleiden und heraus zu lassen. „Schade," seufzte meine Traumfrau, schenkte mir ein letztes schüchtern-verletztes Lächeln und drehte mir einen Rücken zu, der allein ausgereicht hätte, um sich in sie zu verlieben. Mit kaum wahrnehmbarem Schwung ihrer wohlgeformten Hüften entschwand sie durch die Terrassentür zurück zur Party, zum brüllenden Leben.

Es dauerte eine Weile, bis ich mich wieder eingefangen hatte, das Gefühl bekam, wieder klar zu denken und den Mut fasste, mich auf sie einzulassen. Sicher würde ich sie dort drinnen finden. Sonst später, irgendwo anders. Ich könnte alle Gäste nach ihrem Namen fragen, und schließlich, koste es was es wolle, würde ich sie wiederfinden. Ganz sicher!

„Irrtum", flüsterte ihre langsam verwehende Stimme leise weit hinten in meinem Kopf. „Das ist ein Irrtum!"

Am Anfang waren der Esel und der Ochse. Und dann war da…

Der Stall

-„Es ist doch wirklich nicht zu glauben! Da kommt dieser mit Sägespänen übersäte Menschenhengst…"
-„Das ist ein Bulle, du Esel!"
Ede blieb stur: „Nein, das ist ein Hengst!"
-„Na gut, dann eben ein Hengst", grunzte Oskar.
-„Da kommt also dieser verlotterte Hengst mit seiner trächtigen Stute…"
-„Das ist eine Kuh, oh Esel!"
-Nein,nein, das ist eine Stute, du Hornochse!" beharrte Ede.
-„Na gut, na gut, dann eben eine Stute."
-„Da kommen sie also hier rein- in unseren Stall- und stören uns beim Abendbrot. Sie scheuchen

uns vom Tisch, und kaum hat sie geworfen, legen sie ihr Fohlen mitten in unser Essen!"

Oskar hatte ein ruhiges Gemüt und ignorierte die verfehlte Wortwahl für Krippe und Heu. „Du wolltest sagen Kalb, oder?" fragte er eher zögerlich.

„Oh, nein, oh Ochse Oskar! Dies ist ein Menschenfohlen. Man erkennt es an den fünfzehigen Hufen."

-„Na gut, na gut, na gut," schnaubte der Ochse. „Dann eben ein Fohlen."

-„Aber das ist doch ein Lamm," mähte eines der wenigen Schafe, die nicht damit beschäftigt waren, dem Jungtier die Hufe zu lecken.

Die Hirten verdrehten die Augen zum Himmel. Einer von ihnen legte das kleine Lämmchen aus seiner Armbeuge in die Krippe, wo es sich gemütlich an das Menschenjunge kuschelte. Ja, Menschen sind so! Sie halten ihre Brut für etwas ganz Besonderes und wollen ihr ständig alles Mögliche schenken. Ein Lamm für einen Menschenfrischling. Als ob gerade dieses gewöhnliche nackte Wesen etwas Besonderes wäre...

Das Baby sagte: „Ma...mah...."Ein vernünftiges „Mäh" brachte es nicht heraus.

„Es blökt schon!" muhte Oskar, und seine Maulwinkel bewegten sich in bedächtigem Tempo ohr- und hornwärts.

-„Es blökt nicht, es..."- nein, Ede hatte plötzlich keine Lust mehr, störrisch zu sein. „Ja, es benimmt sich schon fast, wie ein richtiger Esel." Damit man das leichte Vibrieren seiner Nüstern nicht für emotionale Ergriffenheit halten konnte, wischte er die Tränen der Rührung sofort mit seinen langen Ohren fort.

Ja, alle waren in den Bann dieses jungen Wesens geschlagen, in den Zauber des Neuen in der Welt geraten und vom Licht des Guten aus der Finsternis gelockt worden. Ein klein wenig mag zu dieser fast überirdischen Verzückung der Heiligenschein beigetragen haben, der sich langsam um den Kindskopf ausbreitete. Was für ein

Spezialeffekt! …. Alles war gut!

Doch dann kamen die Könige.

Mit hochmütigem Tritt ignorierten ihre Kamele die niederen Schafe, die Hirten wichen ängstlich zur Seite. Mit prunkvollem Kniefall entrissen die Weisen aus dem Morgenland dem göttlichen Menschlein das Lämmchen und die animalische Menschlichkeit. Ihre vergifteten Gaben waren Macht, Reichtum und Ansehen.

Ein Hirtenhund jaulte: „Das kenne ich! Hast du mal einen richtig außergewöhnlichen, wundervollen Welpen im Wurf, kommen sofort die Menschen und nehmen ihn dir weg."

-„Ja," grummelte Joseph in einer Sprache, die die Gelehrten nicht verstanden, „aber wenn dir etwas wichtig ist, kannst du darum kämpfen. Mein Sohn wird sich nicht von den Geschenken der Welt korrumpieren lassen." Und es war ein großes Geblöke, Iahe, Gemähe und Gebelle um jenen Stall in Bethlehem. Die Hirten nickten mit entschlossener Liebe. Später wurde das als Hallelujah durch den Chor der Engel bezeichnet.

Oskar meinte: „Also an und auf meinem Tisch ist der Kleine jederzeit willkommen!"

-„Du hättest ruhig auch Krippe sagen dürfen," schmunzelte Ede, denn Esel sind sehr kluge und liebenswerte Tiere, wenn sie im Licht eines Heiligenscheines stehen.

Nun sind viele Jahrhunderte vergangen. Ede und Oskar sind längst im Ochs- und Eselparadies. Die Könige haben sich nach seinem Tode doch noch des Knaben bemächtigt, und es lief nicht alles wie es hätte laufen können. Aber auch heute trifft man immer wieder einfache Hirten, kluge Tiere, Ochsen und Esel und einen Schimmer des Heiligenscheines dieses Kindes. Wer sich etwas öffnet, kann dann einen leisen Widerklang des Hallelujahs von damals hören. Man darf nur nicht zu sehr auf die Weisheit der Könige achten.

Das Kind

„Es ist ein Mädchen!" Ganz gelang es Joseph nicht, den leichten Hauch von Enttäuschung in seiner Stimme zu vermeiden. Natürlich hatte er die Geschichte von der Prophezeiung nie geglaubt, aber ein Sohn wäre trotzdem schön gewesen. Lächelnd reichte er seiner Frau das kleine schreiende Menschenkind. Er liebte Maria über alles, und würde immer bei ihr bleiben, wie viele Fehltritte auch immer sie noch begehen sollte. Er strich ihr über die dunklen vom Geburtsschweiß feuchten Haare. Maria die Sanfte, Maria die Reine und Fehlerfreie, Maria die Unbegreifliche.

Auch sie lächelte ihn an. Während ihre Tochter langsam aufhörte zu schreien und glücklich grimmassierend auf ihrem Bauch nur noch kleine zufriedene Geräusche von sich gab, schaffte sie es wieder einmal, ihrem Gesicht einen nachdenklichen Ausdruck zu geben ohne eine einzige Falte dafür zu bemühen. Maria, die Rätselhafte. „Und wenn wir sie trotzdem Jesus nennen?", schmunzelte sie. „Wir kleiden sie wie einen Jungen, bringen ihr das Tischlerhandwerk bei und erziehen sie zum Mann. Du hast einen Erben, und gleichzeitig erfüllen wir die Prophezeiung." Bei Joseph ging es nicht ohne Stirnrunzeln ab. Natürlich hätte er gerne einen Sohn gehabt, und ob das jemals noch etwas werden würde, stand in den Sternen. Nachdenklich legte er seine Hand ans Kinn und seinen Kopf in den Nacken. Das mit den Sternen war natürlich eine alberne Redensart, denn jeder wusste, dass der HERR sie ans Himmelsgewölbe gehängt hatte, und warum sollte ER sich ihrer bedienen um die Zukunft der Menschen zu bestimmen. Zwischen den Brettern des undichten Daches konnte er genau den großen Stern sehen, den er schon seit einigen Tagen entdeckt hatte. Er stand direkt im Zenit über ihnen, und er hatte eine unglaubliche Leuchtkraft, eine mysteriöse Ausstrahlung, ja etwas fast

Unwirkliches. Diese Nacht war wirklich etwas Besonderes, und vielleicht war ja doch irgendetwas dran an dieser merkwürdigen Geschichte mit dem Engel. „Meinst du nicht, sie wird zu sanftmütig sein für einen Mann?" „Mag schon sein, aber vielleicht haben wir genau das nötig. Einen anderen, einen sanftmütigen Mann. Die Welt könnte so viel besser werden, wenn alle von ihm lernen." Wieder ihr Schmunzeln. „Du weißt, wie oft weibliche Intuition, Friedfertigkeit und Gutmütigkeit uns mehr genutzt hat als starre Regeln, Kraft und Aggression." Ja, das hatte er tatsächlich im Zusammenleben mit ihr immer wieder erlebt. Letztlich hatten sie auch ihre Notunterkunft hier in diesem Stall nicht durch lautes Hämmern an Türen, nicht durch Schimpfen und Drohen, nicht einmal für Geld bekommen. Nur durch ihr Lächeln. „Aber werden sie sich das gefallen lassen, die Männer? Dass ihr ganzes System von Herrschen und Macht, von Geld und Gier, von

Rache und Kampf einfach so auf den Kopf ge-
stellt wird?" „Nun", antwortete Maria, „man wird
sie ja wohl dafür nicht gleich ans Kreuz schlagen,
oder?" Und noch lächelte sie.

Zeitfracht Medien GmbH
Ferdinand-Jühlke-Straße 7
99095 Erfurt, Deutschland
produktsicherheit@kolibri360.de